幼兒全語文 階梯故事 系列

U0114746

請輕聲點

袁妙霞　著
野人　繪

園丁文化

夜深了，小青蛙在呱呱叫。

小熊說：「保持安靜，請輕聲點。」
小青蛙不再呱呱叫了。

夜深了，小狗在汪汪叫。

小熊説：「保持安靜，請輕聲點。」
小狗不再汪汪叫了。

夜深了，熊爸爸發出呼嚕呼嚕的聲響。

小熊說：「保持安靜，請輕聲點！」

熊爸爸的呼嚕聲更響了。

導讀活動

 提問

進行方法：

❶ 讀故事前，請伴讀者把故事先看一遍。
❷ 引導孩子觀察圖畫，透過提問和孩子本身的生活經驗，幫助孩子猜測故事的發展和結局。
❸ 利用重複句式的特點，引導孩子閱讀故事及猜測情節。如有需要，伴讀者可以給予協助。
❹ 最後，請孩子把故事從頭到尾讀一遍。

封面
1. 小熊的手勢是什麼意思呢？
2. 請把書名讀一遍。

P2
1. 圖中是一天中的什麼時候了？你是怎樣知道的？
2. 小青蛙在做什麼？

P3
1. 從小熊的手勢看來，你猜他在對小青蛙說什麼？
2. 為什麼小熊要這樣做？你猜小青蛙會聽從小熊的勸告嗎？

P4
1. 窗外什麼昆蟲在飛動？圖中是一天中的什麼時候？
2. 小狗在做什麼？

P5
1. 從小熊的手勢看來，你猜他在對小狗說什麼？
2. 為什麼小熊要這樣做？你猜小狗會聽從小熊的勸告嗎？

P6
1. 圖中的熊爸爸在做什麼？
2. 他睡覺時有沒有發出聲音？那是什麼聲音呢？

P7
1. 從小熊的手勢看來，你猜他在對爸爸說什麼？
2. 為什麼小熊要這樣做？你猜熊爸爸會聽從小熊的勸告嗎？

P8
1. 你猜對了嗎？
2. 為什麼熊爸爸沒有停止打呼嚕呢？

請保持安靜

安靜的環境令人覺得舒適，嘈吵的環境令人覺得厭煩。因此，在任何公眾地方，我們都不應該喧嘩大叫，以免影響別人。

夜深人靜時

圖書館裏

課室裏

公共交通工具上

字卡

玩法

❶ 把字卡全部排列出來，伴讀者讀出字詞，請孩子選出相應的字卡。
❷ 請孩子自行選出多張字卡，讀出字詞並口頭造句。

請沿虛線剪出字卡。

保持	安靜	請
輕聲	夜深	青蛙
呱呱叫	小熊	汪汪叫
爸爸	呼嚕	聲響

幼兒全語文階梯故事系列
第3級（中階篇）

《請輕聲點》

©園丁文化

幼兒全語文階梯故事系列
第3級（中階篇）

《請輕聲點》

©園丁文化

幼兒全語文階梯故事系列
第3級（中階篇）

《請輕聲點》

©園丁文化

幼兒全語文階梯故事系列
第3級（中階篇）

《請輕聲點》

©園丁文化

幼兒全語文階梯故事系列
第3級（中階篇）

《請輕聲點》

©園丁文化

幼兒全語文階梯故事系列
第3級（中階篇）

《請輕聲點》

©園丁文化

幼兒全語文階梯故事系列
第3級（中階篇）

《請輕聲點》

©園丁文化

幼兒全語文階梯故事系列
第3級（中階篇）

《請輕聲點》

©園丁文化

幼兒全語文階梯故事系列
第3級（中階篇）

《請輕聲點》

©園丁文化

幼兒全語文階梯故事系列
第3級（中階篇）

《請輕聲點》

©園丁文化

幼兒全語文階梯故事系列
第3級（中階篇）

《請輕聲點》

©園丁文化

幼兒全語文階梯故事系列
第3級（中階篇）

《請輕聲點》

©園丁文化